TABLEAUX

ANCIENS ET MODERNES

Dessins. Aquarelles, Pastels

Mᵉ LÉON TUAL, commissaire-priseur

M. JULES FÉRAL, expert

CATALOGUE

DE

TABLEAUX

ANCIENS ET MODERNES

PAR

GRYF, GIACOMELLI, TONY JOHANNOT, RAOUX, ETC., ETC.

Dépendant de la Succession de Mme G. de L***

ET DE

TABLEAUX ANCIENS & MODERNES

PAR

BOIVIN, CASTIGLIONE, E. CLAUDE, DEFAUX, DE MARNE, FRANQUELIN,
GUILLEMIN, Mme HAUDEBOURG-LESCOT, HEEMSKERKE,
CL. JACQUAND, CH. LANDELLE, LENFANT DE METZ, XAVIER LEPRINCE,
MÉLIN, POELEMBURG, C. SAUNIER, J. SWEBACH,
TROYON, VERSCHUUR, ETC.

Appartenant à divers

DONT LA VENTE AURA LIEU

HOTEL DROUOT, SALLE N° 7
LE MARDI 16 JUIN 1903

A 2 HEURES

COMMISSAIRE-PRISEUR	EXPERT
Me LÉON TUAL	**M. JULES FÉRAL**
56, rue de la Victoire	54, faubourg Montmartre

EXPOSITION PUBLIQUE
Le Lundi 15 Juin 1903, de deux heures à six heures

CONDITIONS DE LA VENTE

Elle sera faite au comptant.

Les acquéreurs paieront *dix pour cent* en sus des prix d'adjudication.

L'exposition mettant le public à même de se rendre compte de l'état et de la nature des objets, il ne sera admis aucune réclamation une fois l'adjudication prononcée.

Paris.—Imprimerie de l'Art, E. Moreau et Cie, 41, rue de la Victoire.

DÉSIGNATION

TABLEAUX

Dépendant de la Succession de Mme G. de L***

BUDELOT

1 — *Intérieur de forét avec personnages sur une route.*

Signé à gauche.

CLAUDE LORRAIN (Genre de)

2 — *Paysage accidenté, effet de soleil couchant.*

ÉCOLE FLAMANDE

3 — *Petit Portrait d'Homme.*

Cadre en bois sculpté.

ÉCOLE HOLLANDAISE

4 — *Paysage avec constructions rustiques et figures au bord d'un cours d'eau.*

A droite, une signature peu lisible et la date 1664.

Bon tableau sur bois.

GIACOMELLI (V.)

5 — *Portrait de Galilée.*

6 — *Le Concert.*

GRYF

(DEUX PENDANTS)

7 — *Oiseaux morts posés à terre.*

8 — *Poules et poussins.*

Cadres en bois sculpté.

JOHANNOT (TONY)

9 — *L'Aumône.*

Dessin au bistre.
Signé et daté 1847.

LAAR (PIERRE DE)

10 — *Attaque d'un convoi.*

LANCRET (D'après)

11 — *Les Quatre Saisons.*

Quatre tableaux faisant suite.

MURILLO (Attribué à B.-E.)

12 — *Le Bon Pasteur.*

(*Vente Aguado.*)

MURILLO (D'après)

13 — *La Sainte Famille.*

14 — *La Vierge au Rosaire.*

MURILLO (D'après)

15 — *La Vierge portant l'Enfant Jésus.*

NEER (Attribué à Van der)

16 — *Un canal en Hollande ; effet de clair de lune.*

Signé du monogramme.

RAOUX (Jean)

17 — *Le Duo.*

ROBERT (Attribué à Hubert)

18 — *Intérieur de grotte avec personnages.*

RUBENS (École de)

19 — *La Bataille des Amazones.*

Bon tableau sur bois.

WATELET

20 — *Le Torrent.*

ÉCOLE MODERNE

21 — *Villageois au repos.*

Aquarelle.

TABLEAUX

APPARTENANT A DIVERS

ALHEIM (D')

22 — *Marché en Italie.*

AZAMÈRE (Etienne)

23 — *Vue de Jardin.*

BAUDOUIN

24 — *Scierie.*

25 — *Une Rue à Béziers.*

BOIVIN (Emile)

26 — *Une Rue à Gafsa.*

27 — *Une Rue au Caire.*

28 — *Vue du Zaghouan.*

29 — *Entrée d'une caravane à Gafsa.*

30 — *Vue de Gafsa.*

31 — *Intérieur de la Gafsa.*

31 bis — *La Driba à Sfax.*

BOUT et BOUDEWYNS (Genre de)

32 — *Bords de rivière animés de figures.*

CALVES

33 — *La Rentrée des champs.*

CANOTRON (S.)

34 — *Le Nouveau-Né.*
Signé et daté 1856.

CASTIGLIONE

35 — *Tête de Femme.*

COLLIN

36 — *Paysage.*

CLARY-BAROUX

37 — *Vallée de Nesle au Printemps.*

38 — *La Seine à Bougival.*

39 — *Lac de la Porte Jaune à Vincennes.*

40 — *La Seine à Crousy.*

CORTES (A.)

41 — *Vaches au pâturage.*

CLAUDE (E.)

42 — *Pêches et Raisins.*

43 — *Coin de Jardin.*

DASTUGUE

44 — *La Cueillette.*

DAUBIGNY

45 — *Études de Vaches.*
Dessin à la sanguine.

DAVIDSON

46 — *Shakespeare.*
Signé et daté 1841.

DEFAUX

47 — *Inondation à Montigny-sur-Loing.*
48 — *Coin de Ferme.*

DE MARNE

49 — *Paysage animé.*

DESBOUTINS (M.)

50 — *Vue de Saint-Denis.*
51 — *Vue de Saint-Denis.*

DIAQUE (J.)

52 — *A la Promenade.*
Dessin à la plume.

53 — *Intérieur de Ferme.*
Aquarelle.

ÉCOLE ESPAGNOLE
(DEUX PÉNDANTS)

54 — *Portraits de Femme.*

ÉCOLE FLAMANDE

55 — *Le Beau Berger.*

ÉCOLE HOLLANDAISE

56 — *Portrait de Femme.*

ÉCOLE ITALIENNE

57 — *La Vierge, l'Enfant Jésus, Saint Jean-Baptiste et un saint personnage.*
Panneau de forme ronde.

58 — *L'Embarquement.*

FRANQUELIN

59 — *Les Regrets tardifs.*
Signé à droite.

GALLARD-LEPINAY

60 — *Marine.*

GARRIDO

61 — *Un Coin de Montmartre.*

GUDIN (H.)

62 — *Marine.*

63 — *Marine.*

GUIGNET

64 — *Guerrier gaulois.*

GUILLEMIN

65 — *Regrets.*
Signé à gauche.

GUIRAND DE SCÉVOLA

66 — Quatre dessins dans un cadre.

HAMON

67 — *Jeune Grecque.*

HANDEBOURG LESCOT (Mme)

68 — *La Dame bienfaisante.*

HEEMSKERKE

69 — *Entretien galant.*

INCONNU

70 — *Portrait de Femme.*
71 — *Portrait d'Homme.*

JACQUAND (CLAUDIUS)

72 — *Les Derniers Moments de Van Dyck.*

JUNDT

73 — *Le Chemineau.*

LAFITTE (TH.)

74 — *Basse-Cour.*

LANDELLE (Ch.)

75 — *Jeune Fille couronnée de fleurs*
Signé à gauche.

LEMOINE (Attribué à)

76 — *Figure allégorique.*

LENFANT DE METZ

77 — *Catherine de Médicis essayant des poisons sur un chien.*
Signé.

LEPOITTEVIN (D'après)

78 — *La Rentrée au port.*

LEPRINCE (Xavier)

79 — *Plage animée de pêcheurs.*
Signé et daté.

80 — *Le Petit Saint-Bernard.*
Signé et daté 1820.

LEVY (E.)

81 — *Odalisque.*

LINDER (A.)

82 — *Parisienne.*

LINGUET

83 — *Amandiers en fleurs.*

MARIÈSCHI

84 — *Vue de Venise.*

MATHON

85 — *Paysage.*

MAURICE

86 — *Le Bain.*

MÉLIN (S.)

87 — *Combat de chiens.*

MONGIN

88 — *La Baigneuse.*
Signé et daté 1818.

MUSSILL

89 — *Bouquet de lilas.*
Signé à droite.

PAIL (E.)

90 — *Bruyères en fleurs.*

91 — *Bruyères dans le Morvan.*

92 — *Moutons.*

PALIZZI

93 — *Chèvres dans la montagne.*

PÉCRUS

94 — *La Terrasse de Saint-Germain.*

95 — *Le Bassin à Anvers.*

PÉRODA (F.)

96 — *Visite.*

PERREY (L.)

97 — *Tête de Diane.*

PETILLON (J.)

98 — *Paris la nuit.*

PÉRUGIN (D'après le)

99 — *Vierge.*

PINTA (Henry)

100 — *Paysanne.*

POELENBURG (C.)

101 — *La Toilette de Diane.*

POUSSIN (École du)

102 — *Sujet mythologique.*

PRUD'HON (Genre de)

103 — *Jeune Fille en buste.*

RAPHAEL (D'après)

104 — *La Belle Jardinière.*

RAOUX (Attribué à Jean)

105 — *La Musique.*
Composition décorative.

ROOS

106 — *Bergers et animaux.*

ROUX-RENARD

107 — *Tête de Femme.*

SALMON

108 — *Gardeuse de dindons.*

SAUNIER (Noel)

109 — *Arlésienne.*
110 — *Partie de balançoire.*
111 — *Basse-Cour.*
112 — *Passage du Gué.*
113 — *Villeneuve-les-Avignon.*
114 — *En pleins champs.*
115 — *Repos à la Promenade.*
116 — *En Excursion.*
117 — *Basse-Cour ; Étang.*

SUBIRAN

118 — *Paysannes Russes.*

SWEBACH (J.)

119 — *Le Passage du Gué.*
> Joli tableau animé de nombreux personnages et en parfait état de conservation.
> Signé à droite.

TROYON (C.)

120 — *Paysage.*
> Dessin.

TENIERS (D'après)

121 — *Kermesse.*

TESSON (L.

122 — *Pêcheuse Bretonne.*
> Dessin.

VERNON (P.)

123 — *Coucher de Soleil.*

VERSCHUUR

124 — *Chevaux à l'écurie.*

WATTEAU (D'après)

125 — *Conversation galante.*

WOUTERMERTENS

126 — *Moutons au pâturage.*

VÉLASQUEZ (D'après)

127 — *Portrait.*